Erika Sanders

titel

Onderdanige student

Van

Erika Sanders

serie

Overheersing en erotische onderwerping

Omslagfoto: @ Kaira_Vlna - Pixabay, 2020

Eerste editie: oktober 2020

Contact email:

erikasanders98@gmail.com

Samenvatting

Cynthia zat voor het kantoor van de professor.

De eindexamens moesten komen, wat betekende dat de docent het druk zou hebben met de studenten.

Hij wachtte minstens twintig minuten terwijl de deur van de professor dicht bleef.

Ik was een beetje nerveus en wachtte op deze leraar, die doorgaans moeilijk was.

Toen de deur openging, zag hij de leraar praten met een andere student die zich voorbereidde om te vertrekken.

Cynthia stond op toen de andere student vertrok en de leraar zijn aandacht op haar richtte.

Hij was een lange, goed geklede man, getrouwd en in de vijftig.

'Cynthia, leuk je te zien,' zei hij. "Heb je een date?"

Onderdanige student is een roman met een sterk erotisch BDSM-gehalte en wederom een nieuwe roman uit de Domination and erotic Submission-collectie, een serie romans met een hoog romantisch en erotisch BDSM-gehalte.

Noot voor de auteur:

Erika Sanders is een internationaal bekende schrijfster die, afgezien van haar gebruikelijke proza, haar meest erotische geschriften signeert met haar meisjesnaam.

Contact email:
erikasanders98@gmail.com

ONDERDANIGE STUDENT
VAN
ERIKA SANDERS

DEEL EEN BRIEF
DE AANBEVELING

HOOFDSTUK I.

Cynthia zat voor het kantoor van de professor.

De eindexamens moesten komen, wat betekende dat de docent het druk zou hebben met de studenten.

Hij wachtte minstens twintig minuten terwijl de deur van de professor dicht bleef.

Ik was een beetje nerveus en wachtte op deze leraar, die doorgaans moeilijk was.

Toen de deur openging, zag hij de leraar praten met een andere student die zich voorbereidde om te vertrekken.

Cynthia stond op toen de andere student vertrok en de leraar zijn aandacht op haar richtte.

Hij was een lange, goed geklede man, getrouwd en in de vijftig.

'Cynthia, leuk je te zien,' zei hij. "Heb je een date?"

'Nee. Sorry, professor. Dit is een bijzaak.'

'Ik weet zeker dat u mijn vergaderrichtlijnen kent. Ik hoop dat er eerst een afspraak wordt gemaakt, anders staat er altijd een lange rij voor mijn deur.'

Ze haalde diep adem om zelfvertrouwen te krijgen.

'Dat weet ik. Maar er is momenteel niemand. Ik weet zeker dat je voor mij een uitzondering kunt maken.'

'Goed. Alleen omdat je een hardwerkende student bent. Kom binnen.'

Hij glimlachte vreemd en gebaarde haar zijn kantoor binnen te gaan en deed toen de deur dicht.

De professor zat achter zijn bureau en Cynthia zat tegenover hem.

"Hoe kan ik u helpen?" vroeg hij en ging op zijn gemak zitten.

"Nou, ik heb de laatste tijd veel nagedacht en besloot volgend jaar de toelating tot de rechtenstudie aan te vragen. Ik heb de toelatingscursus al gevolgd en behaalde een hoge score. Mijn GPA is ook hoger dan één. B +. "

Hij knikte.

'Een interessante keuze. Ik denk dat je het heel goed zult doen op de rechtenstudie. Het is niet gemakkelijk, maar je hebt zeker de persoonlijkheid en de geest om het te doen.'

'Dankjewel,' glimlachte hij.

'Ik denk dat je een aanbevelingsbrief van mij wilt.'

'Daarom ben ik hier. Je bent de eerste leraar die ik ooit heb gevraagd, en ik hoop echt dat je het voor mij doet.'

'Dus ik ben je eerste keus? Waarom? Ik ben benieuwd.'

Cynthia voelde zich een beetje geïntimideerd.

"Nou, hij heeft een goede naam aan deze universiteit. En hij is ook het afdelingshoofd waarvan ik denk dat het er goed uit zal zien op mijn sollicitatie."

'Ik heb ook connecties met de beste rechtsscholen. Wist je dat?'

Ze knikte verlegen.

'Ik wist het. Ik bedoel, ik heb het van andere studenten gehoord. Maar ik wist niet zeker of het waar was of niet.'

"Ik heb goede vrienden die in de toelatingscommissies van enkele van de beste rechtsscholen zitten, dus mijn aanbevelingsbrieven zijn erg nuttig."

'Zou u overwegen mij een brief te schrijven?' vroeg ze op verlegen toon.

'Ik kan het niet,' antwoordde hij bot. "Helaas ben je te laat."

"Waarom? De aanvraagperiode voor rechtenstudies loopt begin volgend jaar af."

'Dat klopt. Maar ik schrijf maar twee aanbevelingsbrieven aan het einde van elk semester. Het is mijn persoonlijke beleid. Anders zou ik iedereen brieven moeten schrijven. Op dit punt zouden mijn aanbevelingen nutteloos zijn, aangezien elk van mijn studenten er een zou kunnen krijgen. Is dat logisch voor jou , Cynthia?

"Het heeft."

"Als je eerder was gekomen, had ik het voor je gedaan. Je bent een van de meest capabele studenten die ik de afgelopen jaren heb gehad. En dat betekent veel, want deze universiteit zit vol met getalenteerde studenten." ""

'Als je denkt dat ik een van je beste leerlingen ben, waarom kun je dan geen uitzondering voor mij maken?' smeekte ze.

'Dat heb ik je al verteld. Mijn regel is twee aanbevelingen per semester. Ik volg altijd mijn regels. In al mijn leerjaren heb ik nooit een uitzondering gemaakt. Nooit.'

Ze hield haar hoofd even gebogen voordat ze weer kalmeerde.

'Ik snap het,' antwoordde ze, terwijl ze zich voorbereidde om te vertrekken. 'Bedankt voor uw tijd, professor.'

'Wacht,' zei hij en hield haar tegen. 'Je weet toch dat ik dit jaar met pensioen ga?'

"Ja, ik heb het gehoord".

'Dit wordt mijn laatste les van het semester. Ik zou je begin volgend jaar een aanbevelingsbrief kunnen schrijven en je zou voor de deadline kunnen solliciteren op de rechtenstudie. Dat zouden mijn regels zijn.'

Cynthia glimlachte.

'Dat klinkt geweldig. Bedankt, professor. Het betekent echt veel voor me.'

'Ik zeg het niet. Ik zeg dat het zou kunnen.'

"Oh, wat moet ik dan doen?"

'Vertel me eerst waarom je rechten wilt studeren. Wat is je uiteindelijke doel?'

Hij dacht even na over het verzinnen van een goed antwoord.

"Nou, ik heb altijd al een carrière gewild waarin ik een groot pleitbezorger voor vrouwen zou kunnen zijn. Ik ben bijna klaar met mijn afstudeerrichting vrouwen en genderstudies. Ik heb erover gedacht journalist te worden waar ik over verschillende onderwerpen zou kunnen praten. Maar mijn ouders moedigden ze altijd aan om rechten te gaan studeren. Ik heb er het hele semester over nagedacht toen ik op het punt stond om af te studeren. Na lang wikken en wegen besloot ik dat rechtenstudie iets voor mij is. "

Hij knikte.

'Je hebt er waarschijnlijk veel over nagedacht.'

"Ja meneer, dat heb ik."

'Hoe zit het met je academische prestaties tot dusver? Wat moet ik weten?'

Dacht ze weer bij zichzelf.

"Nou, ik heb in sommige van mijn lessen verschillende essays geschreven over vrouwenrechten, vrouwen met huidskleur en verschillende sociale kwesties in dit land en over de hele wereld. Ik heb in alle klassen een A gehaald."

'Het is niet verwonderlijk. Je stelt me voor als een heel slim meisje. Dat vind ik leuk aan jou.'

'Bedankt,' bloosde ze.

'E-mail me een van de artikelen die u noemde. Ik wil ze graag doornemen voordat ik een besluit neem.'

"Van nature."

'Ik vind je echt leuk, Cynthia,' zei hij. "Ik denk dat je ongelooflijk getalenteerd bent. Vrouwen zoals jij zijn de toekomst van dit land. Als je me ervan kunt overtuigen dat je echt geïnteresseerd bent in het veranderen van dingen, zal ik persoonlijk contact opnemen met mijn vrienden op de beste rechtsscholen en dat Ik zal ook. " alles om je binnen te krijgen. Hoe klinkt het allemaal voor jou? "

'Dat klinkt geweldig, professor,' zei ze met een stralende glimlach. 'Ik weet zeker dat je onder de indruk zult zijn van wat ik te bieden heb.'

'Ik twijfel er niet aan. Als u mij wilt excuseren, ik heb over ongeveer vijf minuten een afspraak.'

'Oh, natuurlijk. Heel erg bedankt.'

Cynthia stond op en schudde de professor zachtjes de hand terwijl hij achter zijn bureau zat.

Toen hij het kantoor verliet, deed hij zijn best om zijn opwinding in bedwang te houden.

HOOFDSTUK II

Toen Cynthia terugkeerde naar haar kleine appartement, ging ze regelrecht de kamer van haar kamergenoot binnen en zag dat de deur wagenwijd open stond.

Teresa lag in bed met haar laptop de laatste roddelpagina's in te halen.

'Eens kijken of je kunt raden?' Vroeg Cynthia retorisch. 'Ik zal het je eigenlijk direct vertellen. Hij stemde ermee in een aanbevelingsbrief voor me te schrijven. Kun je het geloven?'

Cynthia ging de kamer binnen en ging op het bed van haar kamergenoot zitten.

'Goed! Hoe was het om alleen met hem te zijn? Was het ongemakkelijk? Deze man is zo stoer als een ezel.'

'Het was absoluut intimiderend, dat kan ik je vertellen.'

'En hij stemde ermee in je een brief te schrijven?' Vroeg Teresa. "Ik heb zoveel verhalen gehoord van slimme studenten die zijn afgewezen door idioten zoals hij."

'Ik heb hem in een goed humeur betrapt, denk ik,' zei Cynthia schouderophalend. 'Maar het wordt een moeilijk proces. Hij wil nog wat meer met me praten en dan zal hij me volgend jaar een brief schrijven.'

'Volgend jaar? Ik heb gelezen dat als je je voortijdig aanmeldt voor rechten, je een klein toelatingsvoordeel hebt.'

Cynthia glimlachte.

'Ik weet het. Maar hij heeft banden met een aantal van de beste rechtsscholen. Hij zei ook dat hij bereid zou zijn om namens mij persoonlijk contact met hen op te nemen als ik hem ervan kan overtuigen dat ik het verdien.'

"Oh wauw! Dat is geweldig."

Teresa boog zich voorover en omhelsde haar vriendin stevig.

"Hartelijk bedankt."

'Hoe ga je hem precies overtuigen? Deze man is niet gemakkelijk te behagen.'

Cynthia haalde haar schouders op.

"Ik denk dat ik hem wat oude essays die ik heb geschreven moet laten zien. Hij was een beetje vaag over de hele zaak. Maar ik ben er vrij zeker van. Ik denk dat hij me echt leuk vond. Hij zei veel leuke dingen . "

"Nou, als iemand het verdient om te profiteren van uw connecties, bent u het."

'Bedankt. Ik houd mijn vingers gekruist. Ik hoop alleen dat hij niet van gedachten verandert.'

'Dat zou de grootste eikel ter wereld zijn als ik van gedachten zou veranderen,' antwoordde Teresa. 'Hoewel je het nooit weet. Maar je kunt op geen enkele manier van gedachten veranderen.'

Cynthia glimlachte.

'Je hebt gelijk. Maar ik moet nog steeds indruk op hem maken. Ik zal doen wat nodig is. Vertrouw me.'

"Ik denk het wel."

HOOFDSTUK III

Het was laat in de avond toen Cynthia haar oude dossiers doornam.

Ze had alle eersteklas essays georganiseerd die ze ooit had geschreven.

Daarna voegde hij ze toe aan een bestand.

Hij legde ook de laatste hand aan zijn laatste leswerk.

Ze las het laatste artikel verschillende keren om er zeker van te zijn dat het perfect was.

Dit was haar kans om indruk te maken op de man die misschien de sleutels van haar toekomst heeft.

Hij voegde alles toe aan een e-mail en schreef een bericht aan de leraar:

"Hallo leerkracht,

Ik hoop dat hij in orde is. Bedankt dat je me vandaag hebt ontmoet. Ik weet dat je het erg druk hebt. Ik heb alle essays die ik wilde zien bijgevoegd. Ik heb A in allemaal.

Ik heb ook mijn afstudeerproject voor jouw klas bijgevoegd dat ik vooraf heb voltooid. Ik hoop dat alles naar wens is. Laat het me weten als u nog iets van mij heeft of als u nog een keer zou willen ontmoeten om iets te bespreken met betrekking tot de aanbevelingsbrief. Ik waardeer het echt allemaal.

Mijn beste wensen,

Cynthia "

Hij stuurde de e-mail en ze zuchtte van opluchting.

Ze had een paar uur achter haar computer gezeten met heel weinig rust om de documenten zo snel mogelijk naar de professor te sturen.

Met de resterende tijd voor het avondeten controleerde Cynthia haar Facebook-updates om te zien wat er nieuw was in haar sociale omgeving.

Er is een inkomende e-mail binnengekomen.

Het was een antwoord van de professor:

'Ik zie je in mijn kantoor. Maandag om negen uur 's ochtends. "

Cynthia was een beetje perplex door de cryptische korte antwoordmail van de professor.

Ze vroeg zich af of hij zelfs maar de moeite had genomen om naar de bijgevoegde documenten te kijken, hoe snel hij had gereageerd en of hij de afgelopen uren voor niets te hard had gewerkt.

Op dat moment ontving hij nog een e-mail.

Het was een ander antwoord van de professor:

'We zullen de voorwaarden van de aanbevelingsbrief bespreken.'

Dit was de boodschap die ze wilde.

Ze glimlachte bij zichzelf, wetende dat de connecties van de professor met de beste rechtsscholen binnen haar bereik lagen.

Jaren van hard werken hebben eindelijk hun vruchten afgeworpen.

Hij moest gewoon doen wat de professor wilde.

TWEEDE DEEL
STUDENT BESLIST

HOOFDSTUK I.

Maandag.

Vroeg in de morgen.

Cynthia wachtte buiten het kantoor van de professor in een semi-formeel pak.

Ze wilde de leraar veeleisend overkomen.

Ze wilde bewijzen dat het het waard was.

Hij kwam precies om negen uur 's ochtends aan.

Hij had een kleine papieren zak zonder advertenties in zijn hand en keek Cynthia nauwelijks aan toen ze stond op om hem te begroeten.

Ze schudden elkaar de hand, openden de deur van het kantoor en lieten haar binnen.

Toen sloot hij de deur.

De situatie was een beetje ongemakkelijk toen de professor zijn bureau opstelde en zijn computer aanzette, terwijl hij kennelijk de student negeerde die voor hem in de kamer stond.

'Ik hoop dat je een goed weekend hebt gehad,' zei ze, terwijl ze de spanning wegnam.

De professor zat achter zijn bureau en Cynthia zat tegenover hem.

"Ik heb een geweldig weekend gehad", antwoordde hij. 'Het meeste ging naar het sorteren van papieren. Maar ik had ook tijd voor andere bezigheden. En jij?'

'Meestal schoolwerk. Ik heb hard gestudeerd voor examens en heb papers geschreven voor andere klassen.'

Hij knikte.

"Zoals het zou moeten zijn."

'Nu we het er toch over hebben, heb je de documenten gelezen die ik je heb gestuurd?'

'Nee, dat heb ik niet,' antwoordde hij bot.

"Oh, ik dacht dat ik je nodig had ..."

'Ik ga niet naar haar kijken, Cynthia. Ik ben niet geïnteresseerd in het lezen van je essays voor andere lessen. Ik heb geen tijd.'

'Betekent dit dat je me de aanbeveling geeft zonder hem te hoeven lezen?' vroeg ze voorzichtig.

"Geen antwoord." Je moet het nog verdienen. "

"Wat moet ik dan doen?"

Hij keek haar scherp aan.

'Ben je een discreet persoon, Cynthia?'

"Wat betekent het?"

'Kun je een geheim voor jezelf bewaren?'

'Ik ben altijd een betrouwbaar persoon geweest. Waarom?'

'Ik ben erg in je geïnteresseerd', zei hij. 'Je fascineert me. Maar je moet me beloven dat alles wat we bespreken vertrouwelijk zal zijn. Kun je dat doen? Als dit allemaal werkt, beloof ik dat ik mijn best zal doen om je naar elke school te krijgen die je tegenkomt.' willen. En ik kom altijd mijn beloften na. "

Cynthia haalde diep adem en probeerde haar kalmte te bewaren.

Ze wist niet zeker waar het gesprek naartoe ging, maar het resultaat beviel haar.

Ze wilde zijn hulp.

'Ik beloof het. Alles wat we bespreken, zal geheim zijn.'

Hij knikte langzaam.

"Ik ben blij dit te horen."

'Mag ik vragen waar dit over gaat? Ik begrijp nog steeds niet wat hij van me wil.'

'Je hebt toch drie van mijn cursussen gevolgd?'

"Zo is het."

'Je hebt me altijd gefascineerd', zei hij. "Sinds de dag dat we elkaar ontmoetten, heb ik gemerkt dat je een interessant persoon bent. En ik heb altijd genoten van het lezen van je essays. Om eerlijk te zijn, lees ik nog wel eens je essays. Je mening over vrouwenrechten en vrouwenrechten . De seksuele vrijheden van vrouwen zijn behoorlijk diep. "

"Dank u mijn heer".

'Ik heb een baan voor je', zei hij. 'Het staat totaal niet op de agenda. Niemand zal het ooit weten. Natuurlijk is het optioneel. Maar als je dat doet, geef ik je een automatische A in mijn klas en help ik je om naar de rechtenstudie te gaan.'

Cynthia knikte aarzelend.

"Goed."

'Het is een leesopdracht. Ik wil dat je het materiaal leest dat ik je heb toegewezen. En morgen wil ik dat je hier om negen uur' s ochtends terug bent om het te bespreken. '

De professor nam de bruine papieren zak en legde die voor Cynthia op zijn bureau.

"Waar gaat de leestaak over?" vroeg ze verward.

"Alles in deze tas is voor jou. Beschouw het als een geschenk. Ga pas 's avonds laat open. En ik wil dat je het verhaal met bladwijzers leest voordat je gaat slapen. Ik wil je inzicht vanwege je interessante perspectief over vrouwenproblemen. Kun je dit voor mij doen? '

"Mag ik."

"Prima," knikte hij. 'Nou, als je me wilt excuseren, ik heb een drukke dag gehad. Ik weet zeker dat jij het vandaag ook druk zult hebben.'

"Dank u wel professor."

Cynthia stond op en schudde de professor de hand.

Toen pakte hij de bruine tas en verliet het kantoor.

Hij nam niet de moeite om in zijn zak te kijken.

Ik was te bang om te kijken.

HOOFDSTUK II

Die avond lag Cynthia in bed met de lichten aan.

Hij was net klaar met zijn strenge avondstudie.

Zijn ogen deden pijn.

En ze was mentaal uitgeput.

Hij keek naar de tafel naast zijn bed en zag de bruine tas.

Hij vergat het bijna.

Dus de nacht was nog niet voorbij.

Hij ging op het bed zitten en pakte de tas.

Toen Cynthia de tas opendeed, was ze verrast door wat ze zag.

Er was een middelgrote roze dildo in de vorm van een mannenpenis.

Hij raapte het op en keek ernaar. Hij vroeg zich af of het een vergissing was.

Misschien heeft de professor me de verkeerde tas gegeven?

Waarom heeft hij dit?

Maar hij concludeerde dat er geen vergissing was.

De professor was te precies en slim om dat soort fouten te maken, dacht hij.

Ze legde de dildo op haar bed en reikte naar de bodem van de tas.

Het enige dat er ook was, was een heel groot boek.

Het was oud en versleten.

Ze keek naar het plafond.

Het was een compilatieboek met verschillende BDSM-verhalen.

Hij wierp een blik op de index en ontdekte dat alle verhalen over seks gingen.

En niet elke vorm van seks, maar verhalen over overheersing en onderwerping.

"Dit is seksuele intimidatie!" Gedachte.

Cynthia sloeg het boek dicht en legde het op de tafel naast hem.

Ik was boos, geschokt en verdrietig.

Ze wist niet hoe ze zich moest voelen.

Toen herinnerde hij zich de opmerking van de leraar dat lezen optioneel was.

Ze dacht dat ze moest doen wat ze wilde.

Maar dan zou ze ook niets krijgen.

Na even nagedacht te hebben, ontdekte hij dat er geen kwaad kon.

Het was maar een boek.

Het enige wat hij hoefde te doen, was lezen wat hem gevormd zou hebben en er met de leraar over praten.

Dan zou ze hulp krijgen van de leraar.

De dildo zou later in de prullenbak gaan waar hij thuishoorde.

Nadat ze diep adem had gehaald, pakte ze het boek en leunde achterover op het kussen om het zich gemakkelijk te maken. Er was een bladwijzer in het midden van het boek. Hij opende het en zag het verhaal dat de professor hem had opgedragen.

Ze begon te lezen.

~~~

Samenvatting van het verhaal:

Erika was een onafhankelijke vrouw, kunstenaar en feministische activiste voor vrouwenrechten.

Hij runde een succesvolle kunstgalerie in het centrum.

Hij wordt benaderd door een man genaamd Robert die aanbiedt om wat van zijn eigen werk te verkopen.

Hij laat haar foto's zien en ze is erg onder de indruk van de schilderijen die op haar foto's te zien zijn.

Maar wanneer ze zijn kleine studio bezoekt, ontdekt ze dat het meeste van haar werk gerelateerd is aan BDSM en niet op haar foto's staat.

Aan de muur hingen foto's van opgetogen en opgetogen vrouwen.
~~~

Erika vertelt Robert beleefd dat ze het niet eens is met de inhoud van zijn schilderijen en weigert vervolgens het aanbod om een kunstwerk te kopen.

Dagen later blijft Robert een zakelijke relatie met haar zoeken.

Hij e-mailt haar meer van zijn foto's, deze keer toont hij de vastgebonden en geknevelde vrouwen.

Dan waren er foto's van vrouwen in verschillende staten van intens orgasme.

Erika had het gevoel dat ze in conflict was gekomen met de foto's.

Ze vond ze onfatsoenlijk, maar van goede smaak.

Ze waren op de een of andere manier absoluut opbeurend voor haar.

Ze was gefascineerd.

Ze stemde ermee in hem weer te ontmoeten om een mogelijke deal te bespreken.

In haar kleine studeerkamer overtuigde Robert haar ervan dat BDSM niet zo erg was.

Hij overtuigde haar ervan dat het iets moois was en dat vrouwen erg genoten.

Erika was sceptisch, maar stemde ermee in om op verzoek van Robert lichte dienstbaarheid te ondergaan.

Dat opende de deur voor hem om Erika als een nieuwe BDSM-fetisj te hebben.

~~~

Na het lezen van het verhaal was Cynthia een beetje opgewonden.

Met de stress van de eindexamens in aantocht, was het laatste wat ze dacht seks was, maar de geschiedenis heeft dat veranderd.

Het was nat tussen mijn benen.

De personages boeiden me.

Ze was geïntrigeerd door het idee dat het vrouwelijke personage in het verhaal wordt vastgebonden en seksueel wordt gebruikt.

Plots leek de dildo in de bruine tas niet zo'n slecht idee meer ...
~~~

HOOFDSTUK III

De volgende dag.

Cynthia zat voor het bureau van de professor.

Hij keek haar gewoon aan zonder een woord te zeggen.

Hij nam nog een slok koffie.

Hoe langer de stilte duurde, hoe ongemakkelijker het werd toen ze elkaar ontmoetten.

'Ik wil weten waarom je je voelde,' zei hij, de stilte doorbreken. 'Ik wil weten hoe je geest met elk detail heeft gewerkt. Ben je het daarmee eens?'

"Ik ben."

'Heb je het verhaal gelezen dat ik je heb toegewezen?'

'Ik heb het gedaan. Ik vond het goed geschreven.'

'Wat vond je er nog meer van?' Ik vraag. "Wat vind jij van de ontwikkeling van de hoofdpersoon?"

Cynthia zweeg even.

"Ik denk dat de ontwikkeling van de hoofdpersoon bij veel mensen gebruikelijk is. Ik heb in de loop der jaren veel onderzoek gedaan naar seksualiteit. Mensen ontdekken hun hele leven constant hun fetisjen. Er is absoluut niets mis met seksuele verkenning. It. It." maakt deel uit van de mens. "

'Denk je dat dit verhaal realistisch was? Denk je dat zoiets kan gebeuren met een toegewijde feministe?'

"Waarom niet?" Ze heeft geantwoord. "Het personage in dit verhaal is net als iedereen menselijk. Het feit dat ze een feministe is, heeft waarschijnlijk het taboe aangewakkerd op onderwerping aan een dominante man. Alleen omdat iemand een feministe is, wil nog niet zeggen dat ze geen bevredigend seksleven hebben. kunnen genieten. ".

Hij glimlachte.

'Je bent een heel slimme meid. Ik luister graag naar je inzicht.'

'Betekent dit dat ik uw aanbeveling verdien?'

'Nog niet. Ik wil weten of je het speelgoed hebt gebruikt dat ik je heb gegeven. Heb je het bij jezelf gebruikt tijdens het lezen van het verhaal? Of heb je het later gebruikt?'

Er verscheen een verbijsterde uitdrukking op zijn gezicht.

"Wat betekent het?"

"Heb je de dildo bij jezelf gebruikt?"

'Ik ... ik begrijp niet hoe uw zaken zijn.'

'Wat je zegt, is vertrouwelijk. Aan het eind van het jaar ga ik met pensioen, weet je nog? Over een paar weken zie je me niet meer.'

Ze dacht even na.

"Ik heb de dildo op mezelf gebruikt nadat ik het verhaal had gelezen."

'Wat dacht je dat je aan het doen was?'

'Over de hoofdpersoon aan het einde van het verhaal. Weet je, vastgebonden worden.'

"Heb je altijd al een bondagefetisj gehad?" hij vroeg.

'Ik denk niet dat dat gepast is. Ik heb alles gedaan wat je van me vroeg.'

"We hebben nog veel tijd", antwoordde hij. 'Je bent een heel bijzonder meisje. Je werkt hard en bent erg vastbesloten. Ik waardeer deze kwaliteiten en ik wil dat je de geneugten van het leven ervaart. Ik probeer je niet voor de gek te houden. Je moet me vertrouwen.'

"Wat wil je van me?"

'Op dit moment geef ik je een andere baan.'

"Zal het de laatste zijn?"

'Misschien', antwoordde hij. 'Op dit moment heb je een A in mijn klas. Dat is het. Als je naar me luistert, zal ik mijn connecties namens jou gebruiken.'

"Prima," knikte ze.

"Lees het zevende verhaal in dit boek. Dan wil ik dat je masturbeert met de dildo. We zien elkaar morgen weer. We praten over het verhaal.

En ik wil dat je me alles vertelt over je orgasme. Kun je. Dat kan." Te doen?"

"Ja."

'Goed. En we ontmoeten elkaar niet in mijn kantoor. Ik stuur je morgenochtend het ontmoetingspunt. Begrepen?'

'Beloof je je om je connecties voor mij te gebruiken?'

"Ik beloof het."

"Dus het is een deal."

DERDE DEEL
ROODHEID VAN HET ONDERSTE DEEL

HOOFDSTUK I.

Later die avond.

Cynthia en Teresa hebben na het eten samen de afwas gedaan.

Ze hadden ook samen gekookt.

Nadat Teresa had afgedroogd en de borden op de plank had gezet, legde ze de handdoek neer en leunde tegen het aanrecht.

'Dit is de ergste laatste week van mijn leven', kreunde Teresa. "Waarom moest ik biologie studeren?"

'Omdat je goede dingen met je leven wilt doen. Het zal het waard zijn.'

"Dus denk je?"

'Ik hoop het,' haalde Cynthia haar schouders op.

"Nou, dat is geruststellend."

Cynthia leunde ook tegen het aanrecht en keek naar haar beste vriendin.

'Ik kan niet geloven hoe ver we zijn gekomen,' zei hij. "Vroeger hadden we het over volwassenen zijn toen we jong waren. Kijk nu eens naar jou. We staan voor een geweldige carrière."

Teresa glimlachte.

'Nog een semester en dan zijn we geen kamergenoten meer. Ik moet er bij de gedachte aan huilen.'

'Het komt wel goed. Het is het beste.'

Teresa knikte.

'Je hebt gelijk. Zoals de zaken gaan, ga je naar de beste rechtenstudie van het land.'

"Deze overeenkomst is nog niet bereikt."

'Wat is er eigenlijk met deze man aan de hand? Waarom schrijf je dat verdomde ding niet op en raak je het af als een normale leraar?'

'Hij wil gewoon grondig zijn, dat is alles,' antwoordde Cynthia. "Ik denk dat we klaar zijn na nog een ronde vragen over mijn academische geschiedenis en toekomstige doelen. En zoiets."

'Als ik je niet beter kende, zou ik zeggen dat deze man geïnteresseerd is om iets met je te hebben,' antwoordde Teresa met een slechte woordspeling.

"Waarom zeg je dat?"

'De manier waarop hij je belt in de klas. De manier waarop hij naar je kijkt. Het is voor mij een beetje duidelijk.'

'Hij behandelt iedereen gelijk in de klas. Hij is ook getrouwd.'

'Het is vreemd dat ik de laatste tijd zoveel tijd met je heb doorgebracht,' merkte Teresa op. 'Ben je toevallig verliefd op hem?'

"Niet!" Cynthia antwoordde geamuseerd en afgrijzen. 'Hoe kun je zoiets zeggen?'

Teresa zag er raar uit.

'God. Ik vroeg het me gewoon af. Jezus. Wees niet zo defensief.'

'Maar er is later genoeg tijd om er grappen over te maken. Op dit moment moet ik studeren. Je bent niet de enige met brute beproevingen.'

'Dan kunnen we maar beter doorgaan met de boeken.'

"Zo is het."

HOOFDSTUK II

Nadat ze de deur had gesloten, leunde Cynthia comfortabel achterover op het bed en ging op het kussen liggen.

Het was zijn favoriete studieplek.

Ze nam snel de boeken en aantekeningen van haar lessen door.

Ze was al voorbereid en alles was voorbarig.

Hij sloot de stof en liet zijn ogen even rusten.

Het huiswerk van de leraar was nog in behandeling.

Hij vroeg zich even af of Teresa gelijk had dat ze een beetje verliefd op hem was.

De macht die hij over haar had, was een groot taboe.

Cynthia legde haar schoolspullen opzij en pakte het grote BDSM-boek. Hij keerde terug naar zijn comfortabele positie op het bed en sloeg het boek open voor verhaal zeven.

Hij begon te lezen.

~~~

Samenvatting van het verhaal:

Samantha was een succesvolle zakenvrouw.

Ze had een groot kantoor op het hoofdkantoor.

Hij was eraan gewend geraakt om sterke mannen te bevelen.

Het bedrijf waarvoor hij werkte, was overgenomen door een ander bedrijf.

Ineens had ze een nieuwe mannelijke baas.

Samantha's nieuwe baas was heel anders dan iedereen met wie ze in het verleden had gewerkt.

De nieuwe baas liet zich niet intimideren door haar schoonheid.

Hij straalde zelfvertrouwen uit en Samantha's sexappeal werkte niet voor hem.

Hij vestigde zich onmiddellijk als de verantwoordelijke persoon.
~~~

Hij vestigde zich als zijn meerdere.

Aan het einde van het verhaal had hij wekelijkse bezoeken van hem aan haar privékantoor om hem te laten weten dat ze onderdanig was.

Samantha was geboeid en geslagen op haar eigen bureau.

Hij gebruikte het gat dat het beste bij hem paste.

Soms neukte hij haar mond, soms neukte hij haar anaal.

Dat was zijn nieuwe rol in het bedrijf.

~~~

Cynthia sloeg het boek dicht en spreidde haar armen en benen op het bed.

Er was een tintelend gevoel tussen haar dijen.

Diep van binnen voelde ze zich schuldig omdat ze opgewonden was door een verhaal waarin een man een sterke vrouw seksueel vernederde.

Maar ze was hoe dan ook ingeschakeld.

De taak van de leraar was duidelijk: hij wilde dat ze de dildo gebruikte.

Hij reikte in zijn la om het seksspeeltje te pakken.

Daarna kleedde hij zich volledig uit.

Hij ging op bed liggen met zijn benen uit elkaar en begon haar kutje te strelen met zijn vingers.

Toen ze opgewonden en nat genoeg was, stopte ze het seksspeeltje erin.

Het speeltje ging in en uit haar kutje.

Hij hield zijn ogen gesloten.

Ze stelde zich onzedelijke gedachten voor aan het vrouwelijke personage in het boek dat mondeling werd geneukt terwijl ze aan haar bureau vastgebonden was.

Ze probeerde haar masturbatie stil te houden zodat Teresa haar niet zou horen.

Zijn hoofd was bezig, net als zijn vingers die het seksspeeltje leidden.
~~~

Het duurde niet lang voordat haar tenen krulden en haar rug licht gebogen was.

Ze sloot haar mond om geen luide kreunende geluiden te maken.

Ze kwam.

Toen ontspande haar lichaam zich en ging ze met een gevoel van geluk op bed liggen.

Het was een erg smerige fantasie geweest.

Had ik dit maar eerder ontdekt ...

HOOFDSTUK III

De volgende dag.

Het was acht uur 's ochtends.

Cynthia had de instructies opgevolgd die de professor haar had gemaild.

Ze droeg een prachtige top met knopen en een kokerrok in kantoorstijl.

In plaats van elkaar te ontmoeten in zijn kantoor, stonden ze voor een leeg klaslokaal dat hij opendeed met zijn sleutel.

Hij droeg een papieren zak.

Nadat ze de klas binnenkwamen, deed hij de deur op slot.

'Ga zitten,' zei hij en deed het licht aan.

'Ik ben een beetje zenuwachtig vandaag,' zei Cynthia bijna speels terwijl ze door de lege kamer liep.

"Waarom?"

'Alles wat we hebben gedaan. Deze klas.'

"Wees niet zenuwachtig," antwoordde ze. "U hoeft niet te zijn."

"Ik hoop het niet."

Cynthia zat op de eerste rij van het grote klaslokaal.

'Goede keuze', glimlachte hij. "Goede meisjes zitten altijd op de eerste rij. Ik hou van brave meisjes."

"Heb je dit eerder gedaan?"

"Iets gedaan?"

"Dat," antwoordde ze. 'Heb je andere meisjes ertoe gebracht seksuele dingen voor je te doen in ruil voor je aanbevelingsbrief of een goed cijfer?'

'Ik heb een indrukwekkende academische carrière gehad, Cynthia. Ik zou mijn reputatie niet op het spel zetten als ik toevallig om gunsten van studenten zou vragen.'

'Dus waarom doe je me dit aan?'

'Omdat je speciaal bent,' zei hij bot. "Je hebt me gefascineerd sinds ik je voor het eerst zag. Je hebt me gefascineerd elke keer dat je in de klas spreekt en elke keer dat ik je paper lees. Je bent een bijzonder persoon. En je bent de mooiste student die ik ooit heb gehad zou hebben."

'Vleiende woorden, maar hoe weet je dat ik geen klacht tegen je zal indienen wegens seksuele intimidatie? Ik heb het eerder met andere mannen gedaan.'

'Dat doe je niet. Je bent te vastbesloten om hier nu een einde aan te maken. Ik heb iets dat je heel graag wilt. Moeten we nu beginnen? Hoe eerder we beginnen, hoe eerder we klaar zijn.'

Ze knikte langzaam.

"Verder."

'Heb je het verhaal gisteravond gelezen?'

"Ik heb het gedaan."

"Wat denk jij ervan?"

Ze dacht even na.

"Ik vond het spannend. Ik had nog nooit zoiets gelezen. Ik vond altijd dat seks tussen mannen en vrouwen hetzelfde moest zijn. Alles zou hetzelfde moeten zijn. En mijn politieke neigingen zijn duidelijk meer feministisch. Maar het was heel spannend om te lezen ... Ik vond het geweldig. "

"Ik neem aan dat je weer met de dildo hebt gemasturbeerd."

"Ik deed."

'Wat dacht je daar specifiek over?' Ik vraag.

'Het vrouwelijke personage is aan haar bureau vastgebonden. Ze wordt gebruikt. Zoiets. Dat was het meest sexy deel van het verhaal.'

De professor wees naar zijn bruine tas.

'Ik dacht dat je deze scène leuk zou vinden. Gelukkig was ik voorbereid. En gelukkig zitten we in een leeg klaslokaal met een groot bureau. Wil je experimenteren met iets nieuws?'

"Ik dacht het niet ..."

'De deur is gesloten, Cynthia. Niemand zal het ooit weten. En ik zal het nooit vertellen. Ik heb te veel te verliezen. Aan het eind van het jaar ga ik met pensioen en je hoeft me nooit meer te zien. Ik kan ook met jou mee.' Beurzen en andere mogelijkheden helpen uw opleiding te verbeteren. " goedkoper zijn. We kunnen elkaar helpen. "

Hij worstelde even emotioneel.

'Ik weet het niet. Ik ben niet die persoon.'

'Ik zal al het werk doen. Je hoeft niets te doen. Ik zal je niet oraal of vaginaal penetreren. Ik wil gewoon verkennen.'

"En als ik wil stoppen?" Zij vroeg.

'Dan stoppen we.'

"OKE."

'Kom naar voren in de klas. Ga op je buik op het bureau van de leraar liggen.'

Cynthia stond op en liep naar de hoofdtafel.

Ze deed haar best om een moedig gezicht te trekken.

Het was een grens waarvan ze nooit had gedacht dat die met een man zou overschrijden, maar dat was het wel.

Ze was bereid om een veel oudere leraar haar lichaam te laten gebruiken om haar opleiding voort te zetten.

Ze zwoer dat niemand het ooit zou weten.

Ze legde haar buik en borst op tafel, haar gezicht naar het lege klaslokaal gericht.

Ze sloot haar ogen, bijna beschaamd.

Ze hoorde de juf achter haar gaan.

Toen voelde ze zijn handen zachtjes over haar kokerrok glijden en haar optillen.

'Rustig maar,' zei hij. 'Ik zal aardig tegen je zijn. Je bent veilig bij mij.'

De professor liet voorzichtig haar slipje zakken en ze tilde elke voet op zodat hij ze kon uittrekken.

Ze voelde zich kwetsbaar en bloot in haar jurk en zonder slipje.

Hij hoorde het ritselen van de opening van de papieren zak.

Ze kneep haar ogen verder samen.

Ik was te bang om te kijken.

Toen voelde ze dat haar enkels werden vastgebonden met een zacht touw.

Ze verzette zich niet en sprak niet tegen.

Het gebeurde heel snel.

Voordat ze er twee keer over nadacht, waren haar enkels vastgebonden aan het uiteinde van de tafelpoten.

De leraar liep om de tafel heen en herhaalde het proces met zijn polsen.

In een even snel proces werden Cynthia's polsen aan het uiteinde van de tafel vastgebonden.

Ik was volledig gereserveerd en vastgebonden.

'Ontspan je,' zei hij. "Op die manier wordt het gemakkelijker."

De professor tikte op Cynthia's blote kont.

Het was een schok en een verrassing voor haar.

Haar ogen werden groot.

Als kind was ze nog nooit in elkaar geslagen.

Het was een nieuwe sensatie.

Voordat ze de situatie emotioneel kon verwerken, kwam er nog een zweep.

Dan een andere.

Het zachte slaan werd steeds harder.

Het pak slaag weergalmde door het grote klaslokaal van de universiteit.

"Hoe voel je je?" vroeg ze hem vaderlijk. "Kan je het aan?"

'Het prikt een beetje.'

'Het loopt binnenkort af. Hoe eerder je komt, hoe eerder we klaar zijn.'

Zijn ogen bleven groot.

Hoe lang duurt het om te rennen?

Hij wilde dat ze een orgasme kreeg en ze worstelde niet.

Ze verdedigde zichzelf niet.

Ze zei hem niet dat hij moest pissen.

Haar feministische waarden vervaagden en diep van binnen vond ze hem leuk.

Hij hoorde het geluid van de professor die terug in zijn bruine tas reikte.

Ik was zenuwachtig en wist niet wat ik kon verwachten.

Toen hij de tas liet vallen, vond ze wat ze zocht.

Er was weer een klap op zijn blootliggende kont.

Het was niet met zijn hand.

Nu had hij een kleine rubberen schop.

De schop deed meer pijn dan zijn blote hand.

Hij had een prikkelend gevoel.

Hij bleef haar blote kont slaan.

Het begon meer pijn te doen.

Haar billen werden felrood.

Ze beet op haar onderlip en probeerde niet te huilen als een stom kind.

Ze wilde niet zwak lijken voor haar sterke en dominante leraar.

De pijn groeide.

De professor bleef steeds harder en sneller slaan.

Ze wilde huilen.

Plots stopte hij.

Ze luisterde terwijl hij de schop op tafel legde en knielde om haar brandende kont zachtjes te strelen.

Hij wreef er zachtjes over.

Hij gaf haar zachte kusjes.

Toen reikte hij naar beneden en speelde met haar gezwollen clitoris.

"Oh ..." kreunde ze.

Ze kon het maken van geluiden tijdens het slaan vermijden, maar niet door de directe stimulatie van haar gezwollen clitoris.

De professor wreef met twee vingers over haar clitoris in een snelle cirkelvormige beweging.

Met de andere hand bleef hij de zere billen aaien.

Hij bleef haar kont zachtjes kussen alsof hij hem aanbad.

Hij heeft hem zelfs een paar keer gelikt.

'Ik denk dat ik kom,' gaf ze gegeneerd toe.

"Kom voor mij, schat. Wees mijn kleine sexkatje en heb een heerlijk orgasme."

Hij drukte zijn gezicht tegen haar pijnlijke kont en bleef boos over haar klitje wrijven.

Cynthia sloeg haar ogen terug.

Zijn mond stond wijd open.

Zijn lichaam spande zich.

De spieren in zijn rug en benen trokken samen, maar hij kon zich niet bewegen omdat zijn ledematen aan het bureau waren vastgebonden.

Zacht gekreun ontsnapte uit haar mond.

Al snel stroomde een kleine rivier van heldere vloeistoffen uit haar hete kutje.

De professor stopte pas met zijn vingerbewegingen als alles voorbij was.

Toen gaf hij haar nog een kus.

De professor stond op en kuste Cynthia op de zijkant van haar gezicht.

Hij kuste ook een paar keer haar haar.

Toen de professor Cynthia losmaakte, zat ze op de grond in een foetushouding.

Zijn lichaam voelde aan als gelei.

Zijn kracht was weg.

De professor zat naast haar op de grond.

'Je bent geweldig,' zei hij. "Erg mooi."

"Is dat wat je wilde?" antwoordde ze met een diepe zucht.

"Het was meer dan ik wilde. Je bent echt geweldig."

'Betekent dat dat we klaar zijn?' Vroeg ze, onzeker of ze wilde dat het zou eindigen of niet.

'Nee. We zijn nog niet eens bijna afgestudeerd. Inmiddels heb je een A + verdiend in mijn klas. Maar je hebt mijn connecties niet verdiend. Als je doorgaat, zal ik mijn best doen om je rechten te laten studeren.' Naar keuze. En ik zal je helpen een studiebeurs te krijgen om voor alles te betalen. '

"Moet ik dit doen?"

'Nu wil ik dat je doorgaat met studeren voor je andere examens. Je bent een type A-student. Je moet ernaar handelen.'

"En dan?" Zij vroeg. "Wat gebeurt er nadat de tests zijn gedaan?"

'Ben je van plan ergens heen te gaan? Woon je in de buurt van het huis van je familie? Of woon je in een gedeelde slaapkamer?'

'Ik deel een appartement met mijn kamergenoot. We gaan allebei naar huis na vorige week. We hebben vluchten gepland. Waarom?'

De professor haalde een hand door zijn haar.

'Annuleer uw vlucht. Plan een paar dagen later opnieuw.'

'Maar mijn familie? Ze verwachten me binnenkort thuis.'

'Het kost me maar een paar dagen. Zeg ze dat je een belangrijk project voor de school afmaakt. Je zult het begrijpen.'

"Wat gaan we doen?" Zij vroeg.

"Als je kamergenoot weggaat, wil ik je appartement bezoeken. Ik wil zien hoe je leeft. Ik wil mijn tijd met je doorbrengen. Ik wil dat we alleen zijn. Ik ben persoonlijk nieuwsgierig naar je. Zoals ik al eerder zei Ik ben erg in je geïnteresseerd .. Je fascineert me ".

"Hoe zit het met ... seksueel ... Wat ga je voor mij doen?"

Hij glimlachte.

'Dat lossen we wel op.'

'Je maakt geen grapje. Ik heb een vriendje en daar trek ik de grens.'

'Wat kun je dan voor mij doen?'

Ze dacht even na.

'Je kunt me weer in elkaar slaan.'

"Wil je mijn pik zuigen?"

Ze knikte aarzelend.

'Oké. Maar dat zou het zijn.'

'We kunnen maar beter beginnen. Vergeet je slipje niet. Ze liggen op tafel. En vergeet onze plannen niet. Ik beloof je dat het het allemaal waard zal zijn.'

Met dat gezegd, stond de professor op en stak de touwen en peddel terug in de bruine zak.

Toen ging hij haar alleen achter in de woonkamer.

Cynthia bleef in de foetushouding zitten terwijl ze haar gedachten op een rijtje zette.

Het gevoel van een orgasme stroomde nog steeds door haar lichaam.

Hij kon nog steeds niet zeggen of hij de ervaring van slavernij leuk vond of dat hij het haatte.

Maar de kleine plas vloeistof die hij achterliet, gaf hem het antwoord.

VIERDE DEEL
BUITEN DE OVEREENKOMST

Een week later.

Cynthia keek uit het raam van haar appartement en observeerde het uitzicht voor haar huis.

Ik was alleen.

Teresa was al vertrokken nadat ze alle examens had afgelegd.

Cynthia had ook moeten vertrekken.

Ze had inmiddels bij haar familie thuis moeten zijn.

In plaats daarvan wachtte ze op de leraar.

Hij had haar het adres al gegeven.

Ze wachtte peinzend op zijn komst.

Ze droeg een prachtige blauwe jurk.

Het was netjes en casual.

Ze was op blote voeten en had niets onder haar jurk.

Alles wat hij de professor had aangedaan, was tegen zijn aard.

Hij was tegen de sterke waarden waarmee hij opgroeide.

En het was in strijd met de waarden die ze als toekomstige advocaat wilde verdedigen.

Maar de professor had haar het beste orgasme van haar leven bezorgd.

Ik dacht elke dag aan dat orgasme.

Hij masturbeerde en dacht elke avond aan Leraar.

Hij vroeg zich af wat hij had gepland.

De deurbel van de straat ging en ze liet de professor het gebouw binnen.

Ze opende de voordeur en wachtte op hem.

Toen hij uit de lift stapte naar zijn appartement, glimlachte ze naar hem.

Hij was semi-nonchalant gekleed en droeg een bruine papieren zak.

Ze begroetten elkaar en hij ging vol vertrouwen zijn appartement binnen, alsof hij daar woonde.

Cynthia deed de deur dicht en keek de kamer rond nadat ze zijn schoenen had uitgetrokken.

'Prachtige plek,' zei hij terwijl hij de kamer bleef inspecteren.

'Bedankt. Ik woon hier al bijna vier jaar met mijn kamergenoot. We hebben ons best gedaan.'

'Heb je het je kamergenoot verteld?'

'Nee. Jezus, nee. Ik heb het aan niemand verteld. En ik zal het nooit doen.'

'Het moet zo doorgaan,' knikte hij. 'Je ziet er prachtig uit in die jurk. Je bent als een geschenk dat wacht om geopend te worden.'

"Bedankt," antwoordde hij zenuwachtig. 'Kan ik iets te drinken voor je halen?'

'Met mij gaat het goed. Vind je het erg als we gaan zitten en praten?'

"Van nature."

Ze zaten allebei op de bank in de woonkamer.

'Ik heb een cadeautje voor je,' zei hij.

Hij stak zijn hand in de bruine zak en gaf een envelop aan Cynthia.

Ze opende het en zag een brief op een vel papier met de officiële merken en titels van de universiteit erop.

Hij sloeg de bladzijde snel om.

Het was een briljante aanbevelingsbrief van de professor waarin stond dat Cynthia zonder twijfel de slimste student was die hij ooit had ontmoet.

Hij prees ook briljant haar morele karakter en arbeidsethos.

Er was zelfs een lange verklaring over Cynthia's passie voor vrouwenrechten.

'Ik ben sprakeloos,' wist ze te zeggen. 'Dat is geweldig. Het is beter dan alles wat voor mij geschreven had kunnen worden.'

'Je hebt deze brief waarschijnlijk niet nodig. Ik heb met een oude vriend gesproken die op een topwetenschool werkt. Je sollicitatie krijgt een speciale beoordeling.'

"Welke school?"

"Een topniveau. Je zult daar heel blij zijn. Ik heb ook met mensen gesproken over mogelijke beurzen. Alles wordt deze dagen geregeld."

Ze legde haar handen op haar borst.

'Je hebt geen idee hoe gelukkig ik ben. Ik bedoel, WOW. Dit is meer dan ik had gehoopt. Het zal mijn leven echt veranderen.'

'Ik heb nog nooit zo veel voor een student gedaan. Ik doe dit alleen voor jou.'

"Ik weet niet wat ik moet zeggen".

'Je hoeft niets te zeggen,' zei hij streng. 'Als je je dankbaarheid wilt uiten, doe dan je jurk uit.'

Het was een ontnuchterend moment.

Zijn moment van zorgeloze emotie was doordrenkt van de realiteit dat aan voorwaarden moest worden voldaan.

Ze haalde diep adem en stond op.

Hun ogen waren op elkaar gericht.

Zijn vingers drukten tegen de onderkant van haar blauwe jurk.

Toen tilde ze haar jurk over haar hoofd en onthulde haar slanke benen, geschoren poesje en parmantige kleine borsten met hun roze tepels.

Ze stond naakt voor hem en deed haar best om een dapper gezicht te houden.

Ze probeerde geen tekenen van nervositeit of opwinding te vertonen.

Maar zijn licht trillende vingers toonden zijn nervositeit.

En haar verharde roze tepels werden helemaal stijf, wat haar opwinding liet zien.

'Perfect,' zei hij, terwijl zijn ogen van top tot teen over haar naaktheid gingen. "Je bent een visie van perfectie."

"Hartelijk bedankt."

'Ik weet zeker dat je je afvraagt wat er in de tas zit. Je ziet er nerveus uit. Maak je geen zorgen, ik ben geen sadist. Ik ben gewoon een normale man met een heel gewone fantasie.'

Zijn ogen dwaalden elke centimeter van haar lichaam af en observeerden haar schoonheid.

"Wat voor fantasie is dat?" Vroeg ze met oprechte nieuwsgierigheid.

Hij stond op en stak zijn hand in zijn zak.

Hij dacht even na over een definitief antwoord op de vraag van Cynthia.

'Ik hou van slimme, onafhankelijke vrouwen. Iemand zoals jij. Ik kwam jaren geleden literatuur tegen over seksuele slavernij en voelde me er vreemd genoeg door aangetrokken. Ik voelde me erg schuldig omdat ik een groot voorvechter van vrouwenrechten was. Vrouwen zoals jij. Maar het is gewoon een seksuele fantasie, toch? Niemand raakt gekwetst. En iedereen geniet ervan. Ben je het daar niet mee eens? '

"Ja."

'Het is een veel voorkomende fantasie. Het is geen schande om ervan te genieten. Dat zou niet zo moeten zijn.'

De professor haalde een zwarte ketting uit zijn zak.

Het zag er erotisch maar intimiderend uit.

Het is speciaal gemaakt voor seksuele doeleinden.

"Wat is dit?" Zij vroeg.

'Het is een ketting voor je nek. Ik denk dat hij je goed zal staan. Er staat' hoer 'op. Het is een leuke naam voor onze tijd samen.'

'Heb je dat andere vrouwen aangedaan?'

'Nee. Ik heb nooit de moed gehad. Ik ben nooit erg moedig geweest.'

"Je hebt nu de mijne."

Hij glimlachte.

'Je hebt gelijk. Ik heb je. Ontspan nu terwijl ik je de ketting omdoe.'

De professor zette de tas op de bank en borstelde Cynthia's haar.

Hij wikkelde de ketting om haar nek en begon hem strakker te maken.

Hij zorgde ervoor dat het niet te strak werd.

Hij wilde niet dat ze overweldigd of gestikt zou worden.

Hij wilde gewoon dat ze zich een beetje ongemakkelijk voelde, en dat deed het ook.

Toen hij een stap achteruit deed, was Cynthia naakt, behalve de ketting met het woord hoer in haar nek.

'Kijk in de spiegel', zei hij.

Cynthia liep naar de spiegel in de woonkamer, die naast de voordeur stond.

Ze keek naar zijn naakte lichaam.

Hij keek naar de ketting om haar nek, die ze een hoer noemde.

Het was in strijd met alle principes die ze had verdedigd.

Ze schaamde zich.

Tegelijkertijd was ze erg opgewonden.

Niemand kan er iets van weten.

Nooit.

"Wat denk je?" vroeg hij, terwijl hij achter haar stond met een touw in zijn handen.

"Het is een provocerende aanblik."

'Dat is het. Steek nu je handen in elkaar. Ik bind je vast.'

Cynthia vouwde haar handen en de professor bond haar polsen vast met een zacht zwart touw terwijl hij nog achter haar stond.

Het duurde niet lang.

Binnen enkele ogenblikken waren hun handen verbonden.

"Wat nu?" Ze vroeg hem.

Hij ging terloops terug en keek haar aan.

Hij stond midden in de kamer en keek haar recht in de ogen.

"Nu wil ik dat je aan mijn lul zuigt. Ik weet zeker dat je er heel goed in bent. Ik wil dat je een gehoorzaam sekskatje bent en me laat zien hoe goed je kunt zuigen."

Cynthia liep naar hem toe met haar handen vastgebonden.

Hij was veel groter dan zij.

Na kort oogcontact knielde ze en begon met haar handboeien om zijn broek los te knopen.

Ze trok zijn broek tot aan zijn enkels en liet een half stijve penis zien.

Ze keek hem even aan.

Het was een beetje groter dan die van haar vriend.

Hij hield het in zijn hand en klopte er even op voordat hij even nadacht.

Ze aarzelde.

'Ik wil dat je weet dat ik dit meestal niet doe', zei hij na nadenken. "Ik heb dit alleen in relaties gedaan. Ik ben altijd tegen vrouwen geweest die hun lichaam of hun seksualiteit gebruiken om te krijgen wat ze willen."

"Daarom wil ik mijn pik in je mond."

De opmerking irriteerde haar een beetje.

Maar er was nog steeds een tintelend gevoel tussen haar benen.

Ze bukte zich om zijn pik te zuigen.

Ze had er altijd van gehouden om aan de pik van haar vriendje te zuigen.

Het was iets waar hij sinds de eerste keer van had genoten.

Het was voor haar een heel opwindende seksuele ervaring geworden.

En er waren nooit klachten geweest.

Ze had altijd lovende recensies ontvangen voor haar orale seksuele bekwaamheid.

Met haar lippen schuddend rond zijn pik, schudde ze haar hoofd terwijl ze zoog.

Zijn gebonden polsen beperkten de beweging van zijn hand.

Zijn tong wervelde om zijn hoofd en lid.

Ze keek op naar de leraar boven haar terwijl ze bleef zogen.

Ze maakten oogcontact, wat een beetje spannend en soms vernederend was.

Ze keek weg toen ze zijn pik dieper in haar mond begon te nemen.

Daarna zoog ze aan elk van zijn eieren.

'Je bent er geweldig in,' kreunde hij. 'Ik wist dat jij het zou zijn. Je hebt er de perfecte lippen voor.'

"Dankjewel," fluisterde hij nadat hij even zijn pik uit haar mond had getrokken.

Ze ging weer aan het werk, in de hoop dat hij zo snel mogelijk zou komen.

Hoe meer ze aan zijn pik probeerde te zuigen, hoe opgewondener ze was.

Hij hoefde haar kutje niet aan te raken om te zien dat ze kletsnat tussen haar benen was.

'Dat is voorlopig genoeg,' zei hij. 'Ik wil dat je over de eettafel leunt. Op je buik. We gaan seks hebben.'

Ze keek hem ongelovig aan.

'Onze deal was voor een pijpbeurt. Dat was het.'

"Aanbiedingen kunnen altijd worden verbeterd."

'Alsjeblieft. Ik heb net afgesproken je te pijpen.'

'Raak tussen je benen aan. Je lichaam weet wat het wil. Als je droog bent, kom ik naar buiten en geef je wat je wilt. Als je nat bent, hebben we nog werk te doen.'

De leraar was volhardend.

Cynthia wist dat het een zinvol argument was.

Haar hart wilde hem.

Haar kutje wilde hem.

Het had geen zin om te vechten.

Wat je er ook mee doet, het zal goed aanvoelen.

Hij laat haar terugkomen.

Dus waarom weigeren?

Hij stond op en liep naar de eettafel, die maar een paar meter verderop was.

Ze leunde voorover en legde haar handen, gezicht, borsten en buik op tafel.

De tafel waar ze talloze maaltijden met haar beste vriendin had gedeeld, was plotseling een plaats van seksuele bevrediging geworden.

Ze vroeg zich af wat hij nu ging doen, maar ze had geen idee.

Ze wist niet wat ze kon verwachten.

Hij hoorde het geluid van de tas terwijl de professor zocht.

De professor bond zijn handen met zwart touw aan de tafelpoten vast.

Cynthia's polsen waren volledig beknot en ze kon haar armen niet bewegen.

De professor bond ook zijn enkels vast aan de onderkant van de tafel.

Cynthia's benen waren uit elkaar gespreid en haar kutje en anus waren wijd open.

'Weet je wat een plaag is?' Ik vraag.

"Ja," antwoordde hij zenuwachtig.

'Ik zal het voor je gebruiken. Maak je geen zorgen. Ik zal je geen pijn doen. Het kan een beetje pijn doen. Laat het me weten als het te veel is.'

Cynthia greep het touw stevig vast toen de zweep haar billen raakte.

De tweede slag was ernstiger.

Hij herinnerde zich het gevoel van de genadeslag maar al te goed.

Het was een gevoel dat hij nooit zou vergeten.

Maar het slaan was veel sterker dan de schop.

Elk uiteinde van de zweep deed haar kut en ruggengraat tintelen.

Elk uiteinde van de gesel stimuleerde haar seksueel.

De geseling ging naar zijn bovenrug.

De klikken naast haar oor waren luid.

Het jeukte.

Ze begon elke keer te kreunen als ze werd geraakt.

De pijn werd heviger.

Maar zo is het plezier.

Het werd een krachtige en perfecte combinatie.

Hij sloeg haar hard op haar rug en haar kut werd nat.

Ze kreunde luid bij elke slag.

Toen haar rug bloosde, trok hij de aandacht van haar gesel naar beneden en raakte de achterkant van haar dij.

Het gebied was zo gevoelig dat ze bijna gilde.

Cynthia greep het touw steviger vast in de hoop de pijn te verzachten.

De geseling bewoog op elk van Cynthia's billen.

Het was de plek die hem het meeste plezier gaf.

Elk uiteinde van de Scourge raakte haar hard en maakte haar geiler.

Het geseling stopte voor een medelevend moment en de professor stak twee van zijn vingers in haar kut.

'Mijn god,' zei hij. 'Je bent net een griffioen. Arm ding.'

"Ik moet komen."

Hij glimlachte.

'Binnen enkele ogenblikken, mijn liefste. We moeten eerst ons voorspel afmaken.'

De professor keerde terug naar zijn zweephouding en sloeg Cynthia zachtjes tussen de billen.

Ze kreunde toen de uiteinden van het pak slaag de zeer gevoelige huid van haar kutje en anus raakten.

Hij liet haar even wennen aan de pijn voordat hij weer een slag in haar richting uitdeelde.

Hij bleef haar kutje en anus slaan.

Hij liet de billenkoek zakken en sloeg met zijn open hand op haar gevoelige seksuele gebied.

Het slaan was aanvankelijk zacht.

Maar toen verhoogde hij de kracht voor elke pak slaag.

Hij zorgde er zelfs voor dat ze haar gezwollen klitje niet in elkaar sloeg, waardoor ze kreunde als een hoer.

Zijn hand werd na elke pak slaag bevochtigd met het vocht uit Cynthia's kutje.

'Ik denk dat je er klaar voor bent. Wil je nu komen?'

"Ja," kreunde ze.

'Je was een braaf meisje. Dus het is niet meer dan eerlijk dat ik je dwing het te doen.'

Hij stak zijn hand weer in zijn zak.

Cynthia kon niet zien waar de professor naar zocht.

Het enige wat hij hoorde was het geluid van de tas.

Toen voelde ze hoe zijn vingers haar lippen spreidden terwijl hij een voorwerp inbracht.

Het was een seksspeeltje.

Glad en perfect gevormd.

Het gleed gemakkelijk in haar kutje vanwege zijn kleine formaat, wat haar een beetje teleurstelde.

Ze had iets groters nodig.

Het sexobject trok zich terug uit haar kutje, wat haar weer teleurstelde.

Toen het voorwerp tegen de buitenste ring van zijn anus werd gedrukt, realiseerde hij zich wat er aan de hand was.

De leraar stopte het object gewoon in haar kutje om het te smeren.

Het seksobject was bedoeld voor haar kont.

Ze maakte zich klaar toen het kleine seksspeeltje langzaam in haar anus werd geduwd.

Het ging de smalle ring binnen en kwam in haar rectum.

De professor nam zijn tijd en deed dingen langzaam, zonder haar pijn te willen doen.

En ze genoot van het gevoel gestrekt te zijn.

Al snel vergat hij de pijn die hij voelde door het slaan.

De lichte pijn van het seksspeeltje in haar kont was veel sterker en opwindender.

Toen het kleine seksspeeltje eenmaal in haar kont zat, liet de juf het daar achter als stimulans.

Toen weerklonk het geluid van een geopend pakje door de stille kamer.

"Wat doe jij?" Vroeg Cynthia met gebogen gezicht.

"Ik doe een condoom om. Ik ga je poesje neuken omdat je een hoer bent."

Die woorden veroorzaakten een tintelend gevoel op haar rug en een sensatie door haar kutje.

Hoewel haar enkels vastgebonden waren, deed ze haar best om haar benen gestrekt te houden.

Ze wilde geneukt worden.

Het wilde als stuk vlees worden gebruikt.

Ze wist dat de professor haar niet in de steek zou laten.

Hij greep haar stevig bij haar heupen en drukte zijn harde pik tegen haar lippen.

Hij kneep zachtjes en ging naar binnen.

Het was een gemakkelijke toegang omdat ze onthecht en diep opgewonden was.

Cynthia's poesje was een stel hete verlangens.

De professor genoot van het gevoel van het kutje van zijn student.

Toen kneep hij er helemaal in, waardoor Cynthia haar gezicht tegen de tafel drukte en naar adem hapte.

De professor legde beide handen op Cynthia's schouders en trok haar overeind.

Hij bewoog langzaam zijn heupen en neukte haar.

Cynthia kreunde elke keer dat hij zijn pik in haar lichaam stak.

Met haar handen vastgebonden, kneep ze in haar handen terwijl ze aan het touw trok.

Haar tedere poesje werd hard en haar gekreun werd luider.

Hij streelde haar haar met één hand en zorgde ervoor dat het achter haar rug lag.

Toen pakte hij met dezelfde hand een van haar kleine tieten en kneep in de gezwollen roze tepel.

"Ben jij mijn hoer?" vroeg hij met een slechte stem.

"Ja."

"Zeg het."

'Ik ben je hoer,' kreunde hij. "Jij smerige hoer."

Hij neukte haar nog harder.

Hij bleef met zijn ene hand in haar schouder knijpen en met zijn andere hand haar tieten buigen.

'Je bent bij mij toch geen feministe?'

"Niet."

"Wat ben jij?" Ik vraag.

'Ik ben je hoer,' kreunde hij. "Ik moet zo worden behandeld."

Hij neukte haar nog harder.

Haar hete seks maakte luide knallende geluiden uit haar kruis elke keer dat hij een duw gaf die haar zachte kont raakte.

Haar gekreun veranderde in onregelmatige ademhalingsgeluiden toen ze de controle over de zintuigen van haar lichaam begon te verliezen.

Ze liet het los.

Ze gaf haar lichaam volledig aan de professor.

Ze was allemaal van hem.

Hij streelde haar borsten met beide handen en kneep stevig in haar tepels, waardoor ze naar adem snakte van de pijn.

Hij kneep haar nog steviger vast en deed haar nog meer naar adem snakken.

'Ik ... moet komen ...' zei ze zwakjes.

"Zeg het harder!"

"Ik moet komen! Alsjeblieft!"

Hij wist precies wat hij moest doen.

De professor liet zijn handen zakken.

Eentje om je heupen te ondersteunen.

De ander bukte zich om haar klitje te strelen.

Cynthia kreunde op het moment dat hij haar clitoris in een cirkelvormige beweging wreef.

Op dat moment werd Cynthia gestimuleerd door haar kutje te neuken, het seksspeeltje in haar kont en haar vingers te spelen met haar clit.

Ze schreeuwde luid en het kon haar niet schelen of de buren haar konden horen.

Waarschijnlijk wel.

Iedereen die luisterde, zou waarschijnlijk opgewonden zijn.

Het kon haar niet schelen.

Cynthia schreeuwde en haar vingers krulden zich op.

Zijn armen en benen trokken uit alle macht aan het touw, maar het mocht niet baten.

Haar onderrug probeerde te buigen, maar de greep was te sterk.

Zijn gezicht vertrok van plezier.

Zijn ogen werden groot.

Ze kwam.

Krachtig.

Vloeistoffen waren overal.

Haar kleine poesje was veranderd in een seksuele lul.

De professor naderde zijn orgasme.

Zelfs toen Cynthia's lichaam slap en zonder energie werd, bleef het haar doorweekte kutje neuken totdat hij tevreden was.

Hij spoot grote hoeveelheden sperma in het condoom dat hij droeg.

Hij gromde en stopte toen zijn stoten voordat hij op Cynthia's rug leunde om uit te rusten.

Ze waren allebei bezweet toen de seks eindigde.

Hij kuste steeds het haar op de achterkant van haar hoofd van het hare.

'Je bent een godin,' gromde hij buiten adem. 'Een echte godin. Je hebt een man volkomen gelukkig gemaakt.'

Cynthia was nog steeds uitgeput en ademde zwaar.

'En niet je vrouw?' Zei ze met een zucht.

"En je vriend?" Hij zuchtte ook.

Ze lachten allebei.

'Maak me los,' slaagde ze erin weer zachtjes te praten met een lichte zucht.

De leraar trok zijn slappe lul, die onder het condoom zat, uit haar kutje en begon hem los te maken.

Toen hij vrij was, ging Cynthia op de grond liggen, bovenop haar eigen vaginale vloeistoffen.

De professor ging naast haar zitten en streelde haar zachte haar.

'Ik zal je geven wat je wilt. Ik zal mijn best doen. Je bent geweldig.'

Ze keek hem aan.

'Jij ook. Ik ben nog nooit ... zo gekomen.'

"We hebben nog een paar dagen om samen te zijn. Ik ben van plan er het beste van te maken. De komende dagen zul je mijn smerige kleine sexkatje zijn. Dan kun je naar huis gaan naar je familie en vriendje en je pauze houden genieten."

Ze lachte.

'Ik geniet al van mijn pauze.'

Daarop legde Cynthia haar hoofd op de schoot van de professor.

Ze verwijderde het natte condoom.

Hij bracht de slappe penis naar zijn mond en zoog de rest van het sperma eruit.

De professor kreunde.

HET EINDE

www.ingramcontent.com/pod-product-compliance
Lightning Source LLC
LaVergne TN
LVHW091228150826
845673LV00003B/1064